창비시선 40

곽재구 시집

사평역에서

창비

차 례

제1부 ___

부여 008

박득세 010

조카 012

김득구 014

어느날 TV를 보며 1 017

그해 여름 020

산읍에서 022

절망을 위하여 024

탄일 026

임진강 살구꽃 028

그해 겨울 029

새벽을 위하여 030

봄 032

어느날 TV를 보며 2 034

간질 036

천 일이 지나면 038

영자 040

바닥에서도 아름답게 042

유산 044

제2부 ____

그리운 남쪽 048

성묘 050

대인동 부르스 052

젊은 맞벌이 부부를 위하여 054

이사 056

아침 풀밭 058

헌화가 060

소국 062

칡꽃 063

축전 066

화개에서 068

겨울날 070

화해 072

아침 074

들쑥에게 2 075

세한도 076

칡꽃 078

북광주역 080

소고깃국 082

겨울기행 084

구두 한 켤레의 시 086

들쑥에게 3 088

어머니 090

제3부 ___

희망을 위하여 092

수백 마리 개똥벌레 094

구진포에서 098

다시 가을에 100

고향 102

엄경희 104

그리움에게 107

돼지밥을 주며 110

아이고, 나는 두레박질은 서툴러요 114

조경님 116

사평역에서 118

제4부 ____

대인동 1   122

대인동 2   124

대인동 3   126

대인동 4   128

대인동 5   130

대인동 6   132

대인동 7   134

대인동 8   136

대인동 9   138

대인동 10   140

발문 | 나해철   144

후기   152

제1부

부여

저 산 언덕을 넘어서면
보일 것이다
꽃잎에 덮인 옛 마을의 슬픔과
강물에 씻기운 옛 사람의 울부짖음
덧없는 한세상이 끝이 나고
풋풋한 봄바람이 백제 가시내의
살냄새를 뿌릴 것이다
여기서부터 네 말을 내려라
쩌렁대는 하마비 몇 구절이
맨발로 오는 네 발부리에 채일 것이며
마을의 옛 이름이 적힌 기왓장
몇 조각이 아직 잠들지 못하고
천년 들길을 헤매일 것이다
윗것이 아랫것을 베고는
결코 일어설 수 없는 그날의 역사가
봉화대의 끓는 기름가마처럼
산봉우리의 아지랑이로 피어오를 것이다

아무도 육백육십일년의 봄 전쟁을
본 사람은 없지만 또한 아무도
그 싸움을 잊은 사람은 없으리라
맨발로 이 들판을 걸으면
보리밭 가득 겁탈당한
백제 가시내의 숨소리가 배어 있고
낄낄대는 소정방의 웃음소리가 배어 있고
한뿌리 신라와 백제가
한뿌리 남한과 북한이
천년도 넘게 싸워온 부끄러운 지난날이
강물 속에 거꾸로 처박힌다.

〈미발표〉

박득세
동명동 청소부

쓰레기에 덮인 세상
지우며 사는 일은 얼마나 다사로운지
오늘도 새끼로 감발 치고 눈 내린 새벽길 걷는다
청국장밥 한술에 만 신새벽보다
마음 밖이 더 추운 세상인데
오늘은 영하 칠도 그것이 무슨 추위냐며
김이 나는 쓰레기더미에 삽을 꽂는다
생각하면 한세상 버리기 쉬운 쓰레기와 같은 것을
일찍 깬 뽕뽕다리 건너 전파상에서는
흘러간 시절의 뽕짝 몇 구절도 쓰레기통에 담아오고
눈 쌓인 털모자 다시 털어 써도 눈사람 된다
에헤라 노래나 부르랴 지나간 시절 가슴 저려오는데
에헤라 손장단 맞추랴 떠나온 고향 돌아갈 수 없는데
고개 들면 들기러기 조각달 물고 가는 여기는 타향
남녘이라 인심 좋은 광주에서도 삼수갑산
내 고향 그리운 마음 삼십년이 하루 같네
서러웁지나 않을까 상것도 저 죽으면 향천에 발뻗는데

흰 눈은 상기 펑펑 쏟아지고
돌아갈 수 있는 마음조차 얼어붙어
어머니의 무덤 곁에 저무는 고향 강을 지켜보지 못한다면
쓰레기를 버리는 아낙들도 오늘은 고요하여 말수가 적고
불켜진 낮은 창마다 잊혀진 옛얘기들이 새어나온다
어서 가자 담배 한 모금도
뜻 깊게 빨아야 할 세상이 온다면
이 새벽 오랜 타관길 외롭지 않으리
덜컹대는 쓰레기차 타버린 연탄재와 나란히 앉아서
떨어진 한세상 붙여주며 눈 맞는 일
지금은 고요하여 언 가슴에 노래나 지피리.

〈미발표〉

조카

너를 보면 마음이 슬퍼진다
돌 지나 만 두살 아장아장 걸음마를 배우고
엄마 아빠 또박또박 모국어도 배운다
네 눈에 보이는 세계는 그저 그대로 낙원
너의 사랑스런 세계의 꿈을 위해
회사원인 아버지는 하루품을 버린다
앞마당을 누빌 세발자전거를 사고
정의를 위해 쌍권총을 사고
네가 가지고 싶은 그 모든 낙원을 위해
너의 어머니는 적금을 붓고 밤이면
옛날 이야기와 성경도 들려준다
모든 것을 다 가진 너의 천국을 보면
독한 나의 마음이 슬퍼진다
네 다섯살 적엔 어머니와 아버지를 갖고
네 열살 적엔 선생님과 친구들을 갖겠지
그런데 네 스무살 적엔 무엇을 가질 수 있을까
네 서른살에 무엇 하나 갖고 싶다 말할 수 있을까

네 마흔살에 집 한 칸과 마누라와
들콩 같은 새끼 몇 알을 가졌다고 해서
너는 네가 가질 것의 단 한 가지라도
가졌다고 말할 수 있을까
네 눈에 고인 맑은 세계를 보면
마음 외엔 아무것도 줄 수 없는
삼촌의 오늘이 또 한번 슬퍼진다.

〈미발표〉

김득구

외로운 네가
허공을 향해 조선낫을 휘두를 때
흰옷 입은 우리들은 아리랑을 불렀다
사랑과 집념을 위해
아니 그보다는 한맺힌 네
슬픔과 기다림의 절정을 위해
너는 낯선 땅 힘센 미국선수의
빛나는 부와 프런티어 정신 앞에
덜그럭거리는 조선맷돌 하나의 힘으로
네 슬픔의 마지막 절정 위에 큰칼을 씌웠다
돈이 많은 나라
자국민의 자유와 평화를 위해
아낌없이 사랑과 포탄을 쓰는 나라
우리들은 오늘 그 나라 대통령이 원하는
레바논 전쟁에 우리들의 꿈을 팔 것인가 생각하고
아침 저녁 TV는 우리들의 희망 위에
또 한 겹 두터운 포장지를 씌우겠지만

너는 부서질 줄을 알고

너는 너의 슬픔의 한없는 깊이를 알고

너는 너의 사랑의 겸허한 목소리를 알고

너를 기다리는 사립문 위

어머니의 오랜 박꽃까지 알면서도

덜그럭거리는 조선맷돌 디딜방아 한 방으로

이 낯선 힘센 나라의 콘크리트

벼랑 위에 부딪쳐 쓰러지는구나

사랑이 많은 나라

그리움이 깊어 속살 푸른 가을하늘의 나라

득구, 너의 고향 북한강에 지금은

늦가을의 골안개 희게 흩어지고

네가 싸운 미국땅 부러우면서도

아무런 부러움도 남길 것 없는 타인의 땅을 생각하며

우리들이 세워야 할 힘센

사랑과 희망의 푸른 그날을 위해

오늘 네 쓰러진 머리 힘 빠진 목줄기에

네 어린날 검정 고무신짝으로

네 고향 북한강 푸르디푸른 그리움의 강물을 쏟는다.

〈미발표〉

* 김득구: WBA 세계라이트급 타이틀전에 미국 챔피언 만시니에게 도전했던 한국 권투선수.

어느날 TV를 보며 1

세상에서 흔히 얘기하는 대로
나는 경의선 피난열차 지붕 한번 쳐다보지 못한
태평한 전후세대이므로
지금은 늦은 여름밤 열세 평 아파트의
벽돌방에 틀어박혀 TV를 본다

대학문을 나오고 고정급료를 받고
눈 오는 피난열차에서 아들 하나와
한쪽 눈을 잃은 어머니와 의료보험 수혜를 받고
낙동강 전투에서 관통당한 아버지의 연금을 받고
도대체 무엇 때문인지 알 수 없는 분노 하나로
지난 여름의 TV를 본다

그러나 나는 언제나 허세이고 위선일 뿐이다
내가 낮에 나가는 고등학교에서 나는 국어선생이지만
나는 아이들에게 한번도 떳떳하게
파블로 네루다의 시 한 줄과 김구 선생도 읽어주지 못하고

더구나 이 시대의 사랑과 자유와 역사의 쓸쓸함이
모국어와 지니는 함수관계 같은 것을 말해본 일이 없고
내 반의 아이들은 허세뿐인 선생님과 걸맞게
지각을 하고 담을 넘고 시험중엔 커닝을 한다

아이들이 내게 하는 잘못이 나는 한번도 이상한 적이 없다
그것들은 대부분 내가 학교에 다닐 적 경험했던 일이며
그것들은 또한 우리들의 아버지와 아버지의 옛 선생님이
말보다도 먼저 소중한 행동으로 가르쳐준 것뿐일 따름
나당연합군과 삼별초 일본군에 찢기운
동학군의 얘기를 아이들은 잘 알고 있다

모든 것이 태평한 전후세대
아이들은 이제 번거로운 분노 따위는 생각하지 않는다
아메리카와 소비에트와 짓밟힌 유월의 추억은
지나간 옛 역사처럼 늘 도로아미타불일 뿐
눈을 뜨고 바라보는 이 땅의 어디에고

옛 싸움을 잃어버린 슬픔들은 득실댄다

아무것도 태평하고 태평하지 못한 전후세대
그러나 옛 역사와 오늘의 슬픔 속에서도 나는 믿는다
늦은 밤 도시락보를 들고 버스를 오르는 사람들의 눈빛과
눈 쌓인 아침 책가방을 돌리며 학교로 달려오는 아이들
의 모습 속에는
언제나 갑오년 만세소리와 십구년 봄 함성소리가 스며
있다
죽창 하나와 주먹 하나로 맞부딪친 지난날의 분노와 깨
우침이 되살아 있다.

〈미발표〉

그해 여름

그해 여름 산수동 오거리에 새 교회가 서고부터
사람들은 잃었던 빛과 희망을 꿈꾸었다
다섯 갈래 여섯 갈래 찢겨진 마음들도 다시 돌아와
조용히 기도하고 찬송하며 당신의 그날이 올 것을 꿈꾸
었다
장중하게 쌓아올린 높은 벽과 은빛 십자가에
지나간 시절의 어둠과 고통을 함께 묻었다
땀과 먼지로 뒤범벅된 행상에서 돌아와 바라보면
몇 층인지도 모를 은빛의 교회는 우뚝 서 있고
사람들은 이 거리에 번져나갈 녹슬지 않은
절대의 푸른 종소리를 생각했다
그 여름내 희망을 간직한 사람들은 행복하였고
은빛의 십자가는 더욱 은빛으로 높이 치솟았다
구름과 새와 치솟는 햇살이 사람들의 가슴속
깊은 꿈과 하늘 높은 곳에서 만났다
그러나 끝내 사람들은 불안하였다
그 긴 여름 고단한 저녁상에 놓인

한 그릇의 밥과 열무김치 앞에서 사람들은

당신의 옛 주인이 산상과 호수와 초원에서 자유롭게

희망을 나누어주던 옛 추억을 그리워하고 있었다

그해 여름 산수동 오거리에 육중하고 튼튼한 교회가 서

고부터

오거리의 양떼들은 울 안의 양떼와 울 밖의 양떼로 갈라

서게 되었다

아무도 울 밖의 양떼를 양떼라 부르지 않았다.

〈미발표〉

산읍에서

우리들이 처음 만난 것은 눈발 속에서였지
풍진 세상을 찾아온 겨울꽃들의 파편은
허리춤에 부스럼인가 종창인가를 앓고 있었지
모두들 그 무엇인가를 앓고 있었지
지리산 골짝 보랏빛 칡꽃송이를
송지면 황톳길의 쑥국새울음을
영등포 소인이 찍힌 눈물나는 순이의 편지를
이제 우리들은 얘기하지 않게 되었지
아무도 몰라 강원도 어느 산골에서는
오늘도 몇 마리의 산까치와 식구들이 울고
밤샘을 하며 기다리던 사람은 오지 않았지
누에를 치고 가마니를 짜고 녹두꽃을 피우던
사람들의 고향은 흰 눈 속에 묻히고
버스가 끊긴 산읍에서
우리들은 떠나온 고향을 생각하지 않았지
봄이면 아지랑이 뒷산 연분홍 철쭉 아슴아슴 불질러놓고
뒷골 분이 열일곱 가슴처럼 허망하게 불질러놓고

모두들 비워버린 고향 같은 것이사 생각하면 뭣해
그리운 것이 서러움을 달고 빈 가슴에 찾아들 때는
친구여 우리 탄가루 날리는 객줏집 골방에 모여앉아
소주꺾기 삼봉을 치자
아무렇게나 피곤해진 가슴들을 모으고
돌아오는 사람들의 발소리가 온 하늘 흩날릴 때까지
뜨겁고 아픈 가슴 이 겨울을 눅이자.

〈미발표〉

절망을 위하여

바람은 자도 마음은 자지 않는다
철들어 사랑이며 추억이 무엇인지 알기 전에
싸움은 동산 위의 뜨거운 해처럼 우리들의 속살을 태우고
마음의 배고픔이 출렁이는 강기슭에 앉아
종이배를 띄우며 우리들은 절망의 노래를 불렀다
정이 들어 이제는 한 발짝도 떠날 수 없는 이 땅에서
우리들은 우리들의 머리 위를 짓밟고 간
많고 많은 이방의 발짝소리를 들었다
아무도 이웃에게 눈인사를 하지 않았고
누구도 이웃을 위하여 마음을 불태우지 않았다
어둠이 내린 거리에서 두려움에 떠는
눈짓으로 술집을 떠나는 사내들과
두부 몇 모를 사고 몇 번씩 뒤돌아보며
골목을 들어서는 계집들의 모습이
이제는 우리들의 낯선 슬픔이 되지 않았다
사랑은 가고 누구도 거슬러오르지 않는
절망의 강기슭에 배를 띄우며

우리들은 이 땅의 어둠 위에 닻을 내린
많고 많은 풀포기와 별빛이고자 했다.

〈미발표〉

탄일

그 고독한 탄일에
양떼들은 당신의 옛 주인이
이 땅 위에 태어났음을 잊고 있었다
그 고독한 탄일에 흰 눈은 내리고
눈사람을 만들며 아이들은
세상의 큰 함지박에 쌓이는 새하얀 쌀과
식구들의 바가지에 채워진 보리쌀을 생각했다
그 고독한 탄일에 사람들은
두 마리의 생선과 다섯 개의 보리떡을 꿈꾸었고
배고픈 양들을 위해 하루 한끼를
굶어본 일이 없는 예배소의 주인이
배고픈 양들은 내게로 오라 얘기했으며
그것은 거짓말이라고 탄일 트리에 달린
조그만 꼬마전구들이 셀 수 없이 깜박거렸다
유향과 황금과 몰약을 들고
박사들은 동방에서 찾아오지 않았고
예배소의 양떼들은 예배 후에 황금과 지갑을 바쳤다

아무도 양떼들이 바친 황금의 누런 때를 탓하지 않았고
지갑을 바치고 돌아오는 양떼들의
귓갓길에 내민 거지의 큰 손에는
온 밤내 하염없이 송이눈만 쌓였다
그 고독한 탄일에
배부른 예배소의 주인은
세 번이 아닌 서른 번도 넘게
제 옛 주인을 모른다 말하였음을 생각하지 않았고
그 고독한 탄일에
양떼들은 내내 춥고 쓸쓸하였으며
헐벗은 나무와도 같이 눈발 속에 파묻혀갔다.

〈미발표〉

임진강 살구꽃

섬진강물에 피는 복사꽃처럼
임진강변에 지는 살구꽃처럼
우리 그리운 마음 꽃바람 흩날릴 수 있다면
사랑은 더욱 그리워 흙바람도 이는 것을
봄산 넘어오는 햇살말고
마음으로 넘어오는 그리움말고
우리 함께 손잡고
꽃잎 뜨는 강물 지켜볼 수 있다면
사랑하는 사람아
아침 강물에 복사꽃 피었더니
가슴의 슬픈 첩첩사연
저물녘 살구꽃 몇 잎에 띄웠구나.

〈미발표〉

그해 겨울

그해 겨울은 포근하였다
미국 이민을 간 삼촌에게서 편지가 왔고
요리사로 중동에 간 한수아범에게서는
매달 700불이 꼬박꼬박 송금되었다
별셈을 않아도 애인들의 손끝에 송이눈은 내리고
고등어 두 마리가 시장에서 오백원에 팔렸다
임진강물은 휴전선을 넘어서도 졸졸 흘렀으며
나어린 초병이 너희는 내 적이 아니다고
눈 위에 뜨겁게 썼다
요르단 강 서안에서 깃 빠진
비둘기가 구구 얼룩알을 낳았으며
레바논 파병은 중지되었다
여자들이 털양말을 두 번 기워 신었으며
초고인 채로 우리들의 시는 발표되었다
아무것도 변하지 않은 그해의
겨울이 사람들은 싫지 않았다
적정인 가계부와 삼한사온과 잘 자란 보리밭
겉으로는 아무도 싫은 내색이 없었다.   〈미발표〉

새벽을 위하여

잠들다 포근하여 깨어보면
당신은 늙고 해진 입술로 내 이마 위에
새벽의 젖은 꽃무늬를 새기시지만
어머니 이 고요한 당신의 입맞춤보다 깊게
나를 껴안을 어둠의 큰 그리움을 불러세울 수 있다면
그 새벽녘엔 아들의 깊은 잠을 깨워줘요
그 새벽녘에 기다렸던 길을 뜰 거예요
칠흑의 깊은 어둠과
돌절벽 끝 부서지는 강물소리를 거슬러
한 사람씩 누군가를 암장하던
자갈밭의 삽질소리를 거슬러
어머니 당신의 입맞춤이 내게 속삭여준
길고 긴 기다림의 새벽나라를 위해
봄과 겨울, 죽음과 사랑의 헛된 영화를 버리고
진창이거나 가시밭길이거나
눈길이거나 뜨거운 유황불길 속이라도
숨막힌 아카시아 꽃길을 가듯 걸어가겠어요

꽃 지는 날엔 어둠이 다시 들고
바람 부는 날 찾아오는 두려움이 더 깊겠지만
어머니 당신의 큰 그리움이
내 가슴에 새겨준 그 새벽녘엔
아직은 보이지 않는 그날의 큰 새벽을 위해
삼십년 하루도 거른 일 없는
당신의 깊고 고요한 입맞춤을 떠나겠어요.

〈미발표〉

봄

다시 그리움은 일어
봄바람이 새 꽃가지를 흔들 것이다
흙바람이 일어 가슴의 큰 슬픔도
꽃잎처럼 바람에 묻힐 것이다
진달래 꽃편지 무더기 써갈긴 산언덕 너머
잊혀진 누군가의 돌무덤 가에도
이슬 맺힌 들메꽃 한 송이 피어날 것이다
웃통을 드러낸 아낙들이 강물에 머리를 감고
오월이면 머리에 꽃을 한 송이의
창포꽃을 생각할 것이다
강물 새에 섧게 드러난 징검다리를 밟고
언젠가 돌아온다던 임 생각이 깊어질 것이다
보리꽃이 만발하고
마실 가는 가시내들의 젖가슴이 부풀어
이 땅 위에 그리움의 단내가 물결칠 것이다
그러므로 우리 곁을 떠나가주렴 절망이여
징검다리 선들선들 밟고 오는 봄바람 속에

오늘은 잊혀진 봄 슬픔 되살아난다
바지게 가득 떨어진 꽃잎 지고
쉬엄쉬엄 돌무덤을 넘는 봄.

〈미발표〉

어느날 TV를 보며 2

더 이상 뛰지 말아주게 젊은 대학생 가수여

이 세상에 불알 차고 나온 사내가 되어

뜨거움과 목마름으로 그리운 이 땅을 껴안으려 한다면

아버지와 어머니의 슬픔이 다시는 우리의 슬픔으로

우리의 새끼에게 물려지지 않게 한다면

그리움과 쓰라림이 평화로운 저녁 한 시간

너의 간지러운 춤과 노래로 부끄러운 우리를

더 이상 낯뜨겁게 긁어주지 말아주게

한 주일의 노동과 사랑에서 우리 돌아와

모처럼 비스듬히 누워 평화를 찾는 우리 두 눈에

더 이상 쓰라린 망국의 날라리춤을 그쳐주게

자유와 희망과 빛나는 내일을 위해

우리 바쳐야 할 소망의 시간들은 별빛처럼 아득한데

어리숙한 서양춤과 노래로

너희는 우리의 소중한 저녁시간에

끝내 똥칠을 할 것이냐

너희 앞에 놓인 끈 달린 자유와 속박과 슬픔을

끝끝내 너희 소유라고 기름 먹인

구청의 등기대장에라도 올려놓을 셈이냐

더 이상 뛰지 말아주게 젊은 대학생 가수여

우리의 먼지 많은 역사가 더 이상 푸석이는 먼지 속에 쿨럭이지 않게

우리의 슬픔 많은 지난날이 더 이상 눈물 속에 어깨 들먹이지 않게

오오 소중한 우리의 오늘이 굴레 벗은 어깨의

굳은살 위에 뜨거운 태양으로 빛날 수 있게

더 이상 뛰지 말아주게 대학생 가수여.

〈미발표〉

간질

음악을 틀어주랴 가시내야
진저리치도록 그리운 이 땅에 태어나
그 무슨 그리움이 또한 부족해서
너는 푸른 보리밭 속 그리움의 맴을 도느냐
고향을 찾느냐 에미를 부르느냐
아니면 겨울언덕 위 무지개라도 꿈꾸느냐
풀꽃들은 흩어져 봄바람 속에 피어나고
저려오는 가슴을 쓸어안고 네가 누운 곳
가시내야 두 눈을 부릅뜨고 흰창으로 마주친
그리운 보리밭길 황토언덕이
네가 찾은 천형의 고향땅이 아니겠느냐
무엇이 아쉬워서 서러운 꿈 깨지 않느냐
밥이냐 자유냐 사랑이냐
언덕 아래서는 학교를 가는 아이들의
보리피리 소리가 성글지다
음악을 틀어주랴 가시내야
네가 꿈꿔왔으면서도 한번 가지지 못한

그리운 나라의 한맺힌 생각들이
네 버림받은 핏속에 스며 있지 않느냐
맴을 돌아라 푸른 보리밭 위 무지개를 띄워라
거품을 물고 흰창을 드러내고
네가 못다 꿈꾼 이 땅의 그리움이
또 한번 네 가슴을 밀려오기 시작할 때
가시내야 음악을 틀어주랴
아리랑 스리랑 흰옷 입고 넘어온
오천년 한 깊은 봄언덕도 불러주랴.

〈미발표〉

천 일이 지나면

오늘 내가 한 편의 시를 쓰고
내일 두 편 모레 세 편 쓴다면
천 일 후엔 천 편의 시를 쓸 수 있을까
그때 나는 말하리라
이 아름다운 땅에 태어나
시간이 흐른다고 써야 할 시들을 쓰지 못한다면
사랑하는 사람들 또한 시간이 흐른다고
사랑한다 말하지 못하잖겠는가
써야 할 시들은 많은데
바람들은 맑은 햇살을 뿌리며
응달의 강기슭을 돌아가는데
울먹인 가슴 눅이며
이제는 고요하게 지켜보아야 할
두려움 모를 그리움만 들판 가득 쌓였는데
천 일이 지나면 혹시 몰라
이 아름다운 나라에 태어나
내가 하루 천 편의 시를 쓰지 못해 쓰러질 때

그때 말 못할 그리움은 밀려와서
내 대신 쓰지 못한 그리움의 시들
가을바람으로나 흔들려
내 사랑하는 사람들 귓속에
불어넣어주고 있을지.

〈미발표〉

영자

스무살 적에 넌 내 첫사랑이었지
눈화장을 하고 매니큐어를 하고
안녕하세요 파인 땡큐 영어를 하고
늘씬한 허리 쭉 뻗은 다리로
흔들흔들 내 앞을 스쳐가는 너는
그렇지 몰라보게 변한 네가
코쟁이의 노리개가 되기 전에
너는 영문과에 다니면서도 영어 한번
서울말 한번 쓰지 않던 해맑은
쑥부쟁이 전라도 촌년이었지
손거울 하나 맞춤옷 한 벌 갖지 못하고
그 흔한 파마 한번 하지 못하고
낙숫물이 새는 야학에서
코리언 보이스 비 앰비셔스
칠판 위에 또박또박 적던 너를
나는 안다 네 마음이 미친 것이 아니라
보이지 않는 우리들의 슬픔이 너를

한꺼번에 미치게 했음을
숨쉴 수 없는 우리들의 헐벗은 그리움이
너를 한꺼번에 돌게 했음을
교환교수 코쟁이 양놈 팔에 매달리며
두 달 후면 한국을 떠나요
깔깔대며 내 앞을 스쳐가는 너는
그리운 내 스무살의 첫사랑이었지.

〈미발표〉

바닥에서도 아름답게

사람이 사람을
사랑할 날은 올 수 있을까
미워하지도 슬퍼하지도 않은 채
그리워진 서로의 마음 위에
물먹은 풀꽃 한 송이
방싯 꽂아줄 수 있을까
칡꽃이 지는 섬진강 어디거나
풀 한 포기 자라지 않는 한강변 어디거나
흩어져 사는 사람들의 모래알이 아름다워
뜨거워진 마음으로 이 땅 위에
사랑의 입술을 찍을 날들은
햇살을 햇살이라고 말하며
희망을 희망이라고 속삭이며
마음의 정겨움도 무시로 나누어
다시 사랑의 언어로 서로의 가슴에 뜬
무지개 꽃무지를 볼 수 있을까
미장이 토수 배관공 약장수

간호원 선생님 회사원 박사 안내양

술꾼 의사 토끼 나팔꽃 지명수배자의 아내

창녀 포졸 대통령이 함께 뽀뽀를 하며

서로 삿대질을 하며

야 임마 너 너무 아름다워

너 너무 사랑스러워 박치기를 하며

한 송이의 꽃으로 무지개로 종소리로

우리 눈뜨고 보는 하늘에 피어날 수 있을까.

〈미발표〉

유산

잡풀로 서걱거릴 너희를 버히겠다
한 놈 두 놈 새로 태어날 네놈까지
울지 마라 아버지는 백정이 아니었다
비껴서서,
바늘이 없는 길을 골라서서
아버지는 너희들이 편한 풀로
한세상 흔들리는 꼴을 보지 못하겠다
아버지는 백정이 아니었다 도망자였다
보안경을 쓰고 섬광과 함께
치지직 너희 질긴 뿌리를 지지겠다
한세상 서러운 잡풀로 흔들릴
피내림의 단호한 종지부를 찍겠다
그러나 믿어다오 아버지는 도망자가 아니었다
그리운 이 땅의 풀씨만한 새벽에도 희망을 새기는
아버지의 슬픔은 종지부가 아니었다
알 수 없는 너희 형제 얼굴이 아니었다
들지 않는 낫날로 모진 너희를 버히면서

아버지의 아픔은 잡풀인 아버지의
부끄러운 한세상 흔들림이었다.

〈미발표〉

제2부

그리운 남쪽

그곳은 어디인가
바라보면 산모퉁이
눈물처럼 진달래꽃 피어나던 곳은
우리가 매듭 굵은 손을 모아
여어이 여어이 부르면
어어이 어어이 눈물 섞인 구름으로
피맺힌 울음들이 되살아나는 그곳은
돌아보면 날 저물어 어둠이 깊어
홀로 누워 슬픔이 되는 그리운 땅에
오늘은 누가 정 깊은
저 뜨거운 목마름을 던지는지
아느냐 젊은 시인이여
눈뜨고 훤히 보는 백일의
이 땅의 어디에도
가을바람 불면 가을바람 소리로
봄바람 일면 푸른 봄바람 소리로
강냉이 풋고추

눈 속의 겨울 애벌레와도 같은

죽지 않는 이 땅의 서러운 힘들이

저 숨죽인 그리움의 밀물소리로

우리 쓰러진 가슴 위에 피어나고 있음을.

〈5월시 3집 · 1983〉

성묘

무릎을 꿇어라
이 못난 후레자식
핏대를 세우며 삿대질을 하며
아버지는 거친 억새풀로 일어나
억새풀 아래 무릎 꿇은 잡풀보다
허름한 자식놈의 멱살을 움켜쥐었다
아들아 니 애비 못나 설운 마음
지천으로 패랭이꽃으로 빈 들판에 널렸는데
너 이제 한주먹의 허름한 눈물로
불쌍한 애비 앞에 무릎 꿇었느냐
생각해라 잘살기 위해서라면
사군자에 곁들인 채색화도 잘 팔리고
미국땅 삼류 음대 옆문으로 빠져나와
떡잎 그른 조선 호박잎들 바이올린 레슨 벌 만하고
잘살 일 하나로 죽어가는 그 길이 가깝다면
너를 보는 애비 두 눈에 피눈물이 맺히리라
아들아, 별이 뜨는 가을밤을 너는

걸었느냐 여름의 진창 섞인 어둠 속을

헤매었느냐 눈을 감아라

겨울은 오고 홀로라도 네가 걸어야 할 길은 멀다

겨울은 오고 네가 맞을 눈송이는 아직 포근하다

돌아가거라 네 가슴에 남은 그리움이

내 가슴의 그리움과 함께 지천으로 피는 날

허름한 내 무덤 쓰러진 억새풀 위에도

뜨거운 이 세상의 송이눈이 흩날리리라.

〈5월시 3집 · 1983〉

대인동 부르스

추석달이 밝은데
비인 거리에 너는 그림자를 띄웠느냐
콜타르 먹인 전신주 아래
다리 꼬고 턱 바치고 꼭 그렇게
눈물나는 모습으로 서서 너는 다시
이 거리의 슬픔으로 가을 달맞이꽃이 되려느냐
부평에서 반월에서 구로동에서
이름도 얼굴도 때묻은 젖 큰 가시내들은
고향이라고 명절이라고 다들 밀려오는데
전세버스의 차창마다 깨꽃 같은 그리움은 피었는데
네가 설 땅이 꼭 한 곳뿐이라고
너는 그 전주 아래 슬픔의 뿌리를 내리고 굳었느냐
그 무슨 한맺힌 기다림의 씨앗이라도 뿌렸느냐
어색하게 스타킹을 신고 원피스를 입고
사과광주리 설탕 한 포 입어보지 못한
어머니의 겨울내복을 사들고
아버지의 소주와 동생의 운동화와 그림물감을 사들고

저렇듯 돌아오는 때절은

가시내의 웃음소리가 그리웁지 않느냐

추석 달빛은 찬데

대인동 골목마다 찬 달빛은 출렁이는데

굳어버린 너의 몸 위에 누가

창녀라고 낙인을 찍겠느냐

누가 한 오리 저주의 그림자를 드리우겠느냐

가까운 고향도 눈에 두고 갈 수 없어서

마음만은 언제나 고향 식구들 생각이 뜨거워서

홀로 들이켠 수면제 가슴 젖어오는데

추석 달빛은 차고 어머니는 웃고

너는 뜬 두 눈으로 달맞이꽃으로

대인동 골목마다 죽어서 살아 있는 눈물이 되었구나.

〈5월시 3집 · 1983〉

젊은 맞벌이 부부를 위하여

너희 이제 돌아오는구나
겨울 하룻날이 너무 길어서
얼어터진 마음으로 맞는 봄 강둑에
다시는 서러운 강꽃 하나 만날 수 없어도
사랑 깊은 너희 두 마음
고드름으로 매달리는 남녘 강마을 야학에
너희 이제 꿈을 꾸는 겨울 꽃송이로
눈 덮인 보리밭길을 돌아오고 있구나
해남이라 두륜리
산꽃마을 국어선생님을 뿌리치고
월 25만원의 서정적인 급료와 자격증을 뿌리치고
너희 이제 죽음보다 소중한 자유를 찾았구나
선생님 선생님 보리밭을 돌아나오는 너희들에게
아이들은 별이 되고 풀잎이 되고
더러는 눈물나는 거수경례가 되고
너희 곱은 손 갈라진 흑판 위에
이 시대의 사랑과 자유를 그 직립하는

희망의 코사인 X를 적어나가는구나

누가 너희에게 보리쌀과 감자를 줄 것이냐

보증금 십만원 월세 삼만원

단칸 신혼 사랑도 뿌리치고

낮이면 꿈을 파는 월부 브리태니커 외판원

젊은 맞벌이 부부를 위하여

오늘 쓰러진 보리들도 일어나 살을 깎는다.

〈5월시 3집·1983〉

이사

제1집 광주시 동구 산수 3동 129-5 고추밭
제2집 광주시 동구 지산 2동 708-12 수수밭
제3집 광주시 동구 산수 2동 516-35 들깨밭

일년 반 동안
세 권의 동인지를 내면서
베짱이는 세 번의 이사를 했다
허름하고 낡은 세 권의 동인지에는
가난한 여름 베짱이 한 마리가
물어다 모은 스물 몇 편의 시가 들어 있고
눈 오던 수수밭 이샛길에
그해 담근 햇장 항아리를 깨뜨리고
어머니는 눈 위에 번지는 먹장빛
얼굴로 한 시대의 서러운
슬픔의 멱살을 움켜쥐었다
눈이여 저문 거리에 내쫓긴
죽은 듯 고요한 몇 마리의 겨울 정물을

흔적도 없이 덮어주는 뜨거운 사랑이여
월세 삼만원이 힘에 부쳐
들깨밭으로 집을 옮기던 가을
식구들은 논둑 위에 앉아 삶은 옥수수를 먹고
베짱이는 무거워진 이삿짐을 덜기 위해
희망이 적힌 몇 권의 낡은 시작노트를
강물 속에 구겨넣었다.

〈5월시 3집 · 1983〉

아침 풀밭

아침 풀밭 속에
풀벌레들이 모여 춤을 추는
조그만 야외무도장이 있었습니다
사람들은 사랑과 함께 희망을 버리고
미련뿐인 한 시대의 상처를
생각하기 위해 조용히 스텝을 밟습니다
봄날 배추꽃을 분지르며 달려온
구청의 철거반도 아름답고
우리들은 잠시 시장님과 창녀가 춤을 추는
싸리꽃이 피는 그런 정경을 생각합니다
겨울은 가고 세월은 가고
늙어 꼬부라진 그날의 희망을 위해
시장님과 창녀가 함께 부르는
조용한 듀엣도 생각합니다
회장님과 창녀의 발레 공연도 생각합니다
의원님과 창녀의 미술전람회도 생각합니다
장군님과 창녀의 시가행진도 생각합니다

교수님과 창녀의 세미나도 생각합니다
오오 희망은 가고 사랑은 가고
드러나지 않는 가슴속의 슬픔을 위해
오늘은 우리들과 우리들의 랑데뷰를 생각하며
그리운 그날의 춤을 춥니다.

〈5월시 3집·1983〉

헌화가

아낙이여
화순군 한천
섬진강 서러운 가을 강변에
꽃잎처럼 가슴의 붉은 울음 쏟아버리고
햇멍석 위 한짐의 고추만
붉디붉은 가을햇살로 쏟아내고 있구나
구름 가고 물 흘러가는 곳
마음 또한 흘러
한 발짝 멈출 수 없는데
아낙이여 그대 펼쳐놓은 서러운
마음 가을강 물살 위에
오늘은 누구의 한맺힌 슬픔들이
저리도 검붉은 울음으로
되살아나고 있는가
사랑은 흘러 쉬지 않는 곳
섬진강 은물나루 자갈길을 걸으면
찢긴 발바닥 뜨거운 피에 젖어도

홀로 가는 울음으로 알지 못하고
슬픔인 양 피를 토하는 강물 곁에서
찢어진 한 송이 들국을 던져본다.

〈5월시 3집 · 1983〉

소국

그리운 이 땅의
한 필 황포로 살아나
그리운 이 땅의
서러운 가을하늘 한 자락을
끌어안고 우는 키 작은 너는
아느냐 이 땅의 제일 후진
너와지붕 아래서도 그리움은 새 새끼를 치고
이 땅의 제일 추운
삼동의 칼바람 속에서도
봄꽃 뜨거운 산돌갖 한 송이
청산 속에 낫 갈고 숨어 살고 있음을.

<5월시 3집 · 1983>

칡꽃

저녁 안개를 마시고
어둠이 수묵처럼 풀릴 때까지
도시형 버스의 손잡이에 흔들리며
석간이 시민들의 포켓에 꽂힐 때까지
돌아오는 가건물 낮은 처마마다
우리들의 오랜 칡꽃은 피어 있다
콜타르 배인 송판 내음
고단하나 뜨거운 가슴으로 방에 들면
소죽 쑤던 고향 토지면의 사랑채가
손에 잡힌다
그 무슨 혁혁한 의의로 가득 찬 멜통을 메고
우리들은 이 공사장에 밀려왔는가
휘청대는 가교 구멍 뚫린 철판 새로
빛나는 인종의 시민들은 밀려가고
어지럽게 칡꽃들이 눈앞에 날린다
공민학교 이학년에 편입한 막내의
눈 내리는 뜨거운 일기

그러나 밑동 튼튼한 내 아우는

산유화와 아메리카를 알고

멜통에 채운 자갈들이 우르르 쏟아질 때

거기 끓는 땀과 정직

그런 푸른 하늘이 내 벗겨진 등마다

굳어 있음을 나는 안다

가난하나 오래 튼튼한 일모

줄을 서서 노임을 받는

우리들의 깨끗한 하늘에 칡꽃은 핀다

콜타르 배인 송판 내음

그 키 작은 양심의 문을 열고 들어서면

어머니는 한 땀 두 땀

수인형의 세계를 엮으시고

내 사랑하는 아우의

능숙한 산유화와 아메리카가 펼쳐지고

고단한 내 의식이 토란국에 적셔진다

고향 토지면의 보랏빛 산길에

칡꽃들은 미치게 피어나고

목조 단칸 우리 식구들의 칡꽃은 지금 잠들고 있다.

〈5월시 2집·1982〉

축전

나해철에게

1982년 1월 7일
아침신문에 꽂힌 호미날과
그리운 네 일가족의 풀잎을 보았다
눈 덮인 활자들이 찰랑찰랑 강물소리로 흐르고
동두천 어디 살을 판다던 네 누이의
박하분 살냄새도 피어올랐다
그늘이 내린 구진포 배가 든
읍내의 멸치젓 냄새는 달고 가난도 달고
이슬 맺힌 갈매꽃 가시내들 첫순정도 달고
달아서 뱉을 수 없는 네 어린시절의 상처를
너는 지금도 단수숫대처럼 깨물고 있었을까
전문의가 되고 두 아들의 아버지가 되어서도
신춘문예에 당선된 친구야
아니 아니 시인이 되기 위해
의사짓 그만둔다 노래했던 친구야
생각날까 송정리 명산부인과 쓰레기통
버려진 아이들의 탯줄이

징그러운 햇살로 네 삶을 칭칭 감던 겨울날
네가 다 못 쓰고 쓰러진 시들이
약탕관에 누우런 살기름으로 굳어 있음을
나는 보았었다
마음속의 봄도 호미날이 꽂힌 아침
축전을 치러 충장로에 가는 버스에
한 무리의 안개가 걸려
버스는 우체국으로 가는 봄길을 모르고.

〈5월시 2집 · 1982〉

화개에서

바람으로 이야기하마
마른 풀빛 고개 수그리며
은빛 세모래 슬픔보다 많이
이 강변을 떠난 사람
갈숲 멀리 깜박이는 불빛
그 흔한 모시조개 황새고동 버려두고
그믐밤 숨죽인 삿대질로
여윈 물굽이를 돌아가던 사람들
모두들 잘 있는지

송화처럼 탄재가 날리는 용산역에서
새벽 김밥을 팔던 김씨
말조갯국물에 뜨는 구로동의
가을하늘이 좋다던 서당골 이씨
얼핏얼핏 스쳐간 모두의 얼굴 속에
늘 펼쳐지던 은모래사장
더덕다발 장에 내실

어머님의 삿대질소리

고개 들면 다시

어둠이 숨을 죽이는 서울의 거리

공단에서 도서관에서 가까운 지하철 공사장에서

아파트촌 회색 가등을 돌아

귀가하는 사람들

날씨가 추워오는데

첫눈 맞을 솜옷이나 기워놓았는지

구들 지필 연탄이나 들여놓았는지

지금 이 강변 갈숲 가득

일어서는 바람들의 칼날

모래도 새도 바람도 풀도

모두들 제자리에 돌아와서

저녁 짓는 골안개 지켜볼 수 있게끔

귀향하는 마지막 얼굴까지

눈물로 손 흔들어줄 수 있게끔.　　　〈5월시 2집·1982〉

겨울날

겨우내 우리들은 산을 털어
토끼를 몰고 개울 얼음을 깨
잠든 피리를 잡아 소주추렴을 하였다
곱은 손으로 생솔가지를 꺾어들고
숯막의 낮은 추녀와 쌓인 눈이
맞닿을 때까지 고함을 지르며
날카로운 얼음조각이 뒹구는 개울가에서
발에 동상이 드는 줄도 모르고
산 너머 너머를 바라보았다
마을의 겨울꿈들은 언제나
서편 하늘에 붉은 노을로 걸리고
그 겨우내 우리는 한 페이지의
새마을잡지도 읽지 않았다
뱉어도 뱉어도 줄창 쏟아지는
하늘의 젖빛 가래
가짓대를 삶은 물에
동상이 든 손발을 적셔주시며

어머님은 낡은 옷고름에 눈물을 찍어올리고
감옥소에 갇힌 동생에게서도
소를 팔아 변호사를 사러 간 아버지에게서도
편지 한 통 눈발 속에 넘어오지 않았다.

〈5월시 2집 · 1982〉

화해

다시 소꿉놀이를 할 수 있다면
어머니가 되고 싶다
양지 바른 돌각담 밥티꽃 그늘 아래
인간의 풋것들이 사랑놀이를 하고 있다
깨진 백자조각 위
잘 자란 보릿잎 툭툭 튀는
봄햇살 가지런히 썰어놓고
꼬막껍질 속 흙밥 대신
새야 새야 파랑새야 녹두꽃도 담아놓고
추수하고 빵을 굽고 등을 켜고 사랑을 깁는
인간의 풋것들의 어머니가 되고 싶다
마흔 넘고 쉰 넘어 빼앗을 것 빼앗고도
다 못 뺏은 인간의 쌍것들이
어느 봄 빼앗긴 자의 모습으로
밥티꽃 그늘 아래 돌아와 떨고 섰을 때
설익은 보리꽃 꼬막 들밥에
어쩌면 생각날지도 모를 제 네살 적 사랑놀이

가슴의 풀들로 돌아와 흔들릴 수 있도록.

〈5월시 2집 · 1982〉

아침

1

　고구마시렁에 고구마들이 추워 서로 팔 껴안는 소리 들릴까 제일 아래층에 눌린 약한 고구마들 창밑 겨울햇살 쪼일 수 있게 힘센 고구마들 길 비켜주는 소리 후둑후둑 햇살의 칼과 맞부딪치며 마음속의 죄도 풀려 봄바람 이는 소리.

2

　녹슨 못 일렬종대 대롱대롱 햇살 속에 그네 타는 청국장 메주 밤새 물든 곰팡 서로 비벼주고 털어주며 와자지껄 쉿 너무 소리가 커 조용히 마음속의 소리 더욱 조용히 흰 수염 입술 위 손가락 세우는 노인 메주 그리고 제일 늙은 메주와 제일 어린 메주부터 다시 순서대로 햇살 속에 그네타기 툭툭 겨울공기 차올리며 추운 햇살 속 푸른 봄바람 찾기.

〈5월시 2집 · 1982〉

들쑥에게 2

아이들아 겨우내 잃은 빛 되찾고
겨우내 움츠려 접은 날개 펼치고
바람 위에 파랗게 뜨는 저 들꽃 보아라
이슬 적신 얼굴 흙냄새로 일어서는
오천년 찬란한 아침 풀밭 보아라
보아라, 보아라.
큰 칼 작은 칼 쟁강쟁강 부딪치며
이슬 속을 걸어오는 대장장이
네 할배 이마 위 기쁜 햇살 보아라
그러나 아이들아
지금 너희들이 꿈을 꾸는 교실
너희들의 시 너희들의 사랑
너희들의 어떠한 그리움 속에서도
내 어릴 적 들쑥 맛은 없구나
두려움도 쓰라림도 없구나.

〈5월시 1집 · 1981〉

세한도

조합신문에 내 시가 실린 날
작업반 친구들과 소주를 마셨다
오래 살고 볼 일이라며 친구들은
매듭 굵은 손으로 석쇠 위의
고깃점들을 그슬려주었지만
수돗물도 숨차 못 오르는 고지대의 전세방을
칠년씩이나 명아주풀 몇 포기와 함께 흔들려온
풀내 나는 아내의 이야기를 나는 또 쓰고 싶다.

방안까지 고드름이 쩌렁대는 경신년 혹한
가게의 덧문에도 북풍에도 송이눈이 쌓이는데
고향에서 부쳐온 칡뿌리를 옹기다로에 끓이며
아내는 또 이 겨울의 남은 슬픔을
뜨개질하고 있을 것이다.
은색으로 죽어 있는 서울의 모든 슬픔들을 위하여
예식조차 못 올린 반도의 많은 그리움을 위하여
밤늦게 등을 켜고

한 마리의 들사슴이나

고사리의 새순이라도 새길 것이다.

〈5월시 1집 · 1981〉

칡꽃

지리산 아래 토지면에서는
지금쯤 칡꽃이 미치게 피어나고 있지
배꼽에 땟물 습한 산그늘 내린 채로
우리들은 칡 한 뿌리를 물고
학교에서 집으로 가는 길을
맨발로 달렸지
생각나거든
보리밥알 같은 초가집들이 황토 위에 묻어 있고
호박마름 꼬챙이가 흙벽 위에 붙어 있고
동구에 들어서면 보리떡 들쑥 냄새가
고픈 배를 적셔놓았지
참숯 같은 얼굴로 동네를 떠난 누님들은 알까
써레질 헛간 깊숙이 팽개친 형님들은 알까
칡물이 검게 오른 입술로
단물 빠진 수숫대를 꼭꼭 씹으며
우리들이 울컥 삼키던 어지러움
칡꽃이 하늘 끝까지 피었는데

달리고 달려 꿈속까지 환하게 피었는데
언제 올지도 모르는 일가 형님들을 기다리며
버스가 들어오는 장터까지
우리들은 달리기 시작했지
횟배 앓은 가슴께로 칡꽃들은 날아들고
헛구역질 가쁜 숨으로 수수밭에 쓰러지곤 했지
미칠 듯 기다리는 우리들마저
칡꽃 눈물나는 산그늘을 배반하고
지금은 십장녀석이 주장하는
작업량을 어림으로 계산하며
공사장 십이층 난간에서
쓴 담배를 피운다
입술에 칡물이 배어들도록
꺼멓게 꺼멓게 속을 태운다.

〈5월시 1집 · 1981〉

북광주역

이 숨가쁜 연대의 지평 위에
한 뙈기 텃밭을 일구고
하역인부들이 씨앗을 뿌린다
풋복숭아나 개살구의 씨뿐 아니라
슬픔이나 그리움의 어쩔 수 없는
애증의 황톳빛 씨앗을 뿌린다
귀향하는 하행열차의 차창마다
그리움의 흰 풀꽃들은 피어나고
풀꽃들의 꿈의 수송과는 관계없는
군용열차가 철교 위에 서서 운다
문학평론 몇 구절을 훔쳐 읽고
문둥이처럼 우려먹은 몇 구절의
정치경제사를 암기하고
이 마을을 방문하려거든 열차여
그대 만경 너른 평야나
그 위 한밭 번듯한 들판에서
일찍 돌아가는 길을 찾게

개떡 같은 얼굴로 난처한 표정 짓지 말아

마음 약한 이웃들끼리

팥죽을 쑤어 동천을 우러러보아도

우리 골목에 이는 바람은 간지럽지 않지

레코드 한 장 못 빼고 죽은 여가수의 울음이

감나무 끝마다 바람을 일으켜도

한번도 땅을 쳐본 일이 없는

눈만 휑한 들소들이 껌벅이며 사는 곳

연대의 끝없는 숨결이

가쁘게 몰아치는 이 어스름의 마을에

그대 사온과 함께 돌아올 수 있다면

한지에 쌓인 한줌의 흰 뼈로 일어서라

끝없는 슬픔의 뼈

죽지 않는 강철의 꽃씨로 흩날려라.

〈5월시 1집 · 1981〉

소고깃국

생일 아침상에 소고깃국이 오른다
물커진 누군가의 살점 새로
남해 어느 갯벌을 떠나온 굴 몇 점
수평 위에 둥 떠 있고
미역가닥 새 드리워진
삶의 비린내도 둥둥 떠 있다
한술, 가슴 적시는
단죄의 오늘의 서정을 위해
조금씩 어깨를 수그리며 복통을 앓는다
저만치 물기 잃은 우리들의 생일상에
쭈크러진 고사리와 콩나물이 얼룩지고
드리워진 미역가닥 윽박지르며
고깃점들이 국물 위에 떠오른다
생일 아침
우직하게 끌려간 자의 울음 하나
살아 있는 자의 부끄러운
꽃잎 하나를 데불고

심연 깊숙이 떠돌고 있다.

〈5월시 1집 · 1981〉

겨울기행

춥고 서먹한 겨울이었다.
정미소 추녀 끝에 햇살을 쪼아대던
참새떼도 보기 힘들게 되었다
나무들의 언 손이 들녘의 한기를 부비는 식전
사격장을 향하는 우리들의 머리 위로
죽은 새들의 울음만 송이송이 흩어졌다
겨울 문틈으로 고드름만 간간이 떨어질 뿐
온수 한잔 어디서 마실 틈이 없었다
고향에서는 편지가 끊긴 지 오래였다
쇠죽 끓이는 가마 곁에서
산유화가 제일 좋다던 조카
공민학교 이학년에 편입한 그 녀석은
헌 시집처럼 눈물이 잦곤 했다
끝까지 시 공부를 할래 물으면
늘 부끄럽고 겸연쩍어하던 녀석
그 녀석도 이젠 다 커
읍내 박씨네 자전차포 점원이 되었다

춥고 서먹한 겨울이었다

사격장을 향하는 우리들의 머리 위로

죽은 새들의 울음만 송이송이 흩어졌다.

〈5월시 1집 · 1981〉

구두 한 켤레의 시

차례를 지내고 돌아온
구두 밑바닥에
고향의 저문 강물소리가 묻어 있다
겨울보리 파랗게 꽂힌 강둑에서
살얼음만 몇 발자국 밟고 왔는데
쑥골 상엿집 흰 눈 속을 넘을 때도
골목 앞 보세점 흐린 불빛 아래서도
찰랑찰랑 강물소리가 들린다
내 귀는 얼어
한 소절도 듣지 못한 강물소리를
구두 혼자 어떻게 듣고 왔을까
구두는 지금 황혼
뒤축의 꿈이 몇 번 수습되고
지난 가을 터진 가슴의 어둠 새로
누군가의 살아 있는 오늘의 부끄러운 촉수가
싸리 유채 꽃잎처럼 꿈틀댄다
고향 텃밭의 허름한 꽃과 어둠과

구두는 초면 나는 구면
건성으로 겨울을 보내고 돌아온 내게
고향은 꽃잎 하나 바람 한점 꾸려주지 않고
영하 속을 흔들리며 떠나는 내 낡은 구두가
저문 고향의 강물소리를 들려준다.
출렁출렁 아니 덜그럭덜그럭.

〈5월시 1집 · 1981〉

들쑥에게 3

아이들아 햇볕 아래 서면
대궁 꺾인 풀꽃처럼 툭툭 쓰러지고
꼭꼭 숨은 너희들의 근시로
이 들판 그리움의 풀꽃 한 잎
헤아릴 수 없구나
아이들아 지금 너희들이 꾸는 꿈들은
경쾌하고 날렵한 지름길을 지녔지만
아이들아 지금 너희들이 교실에서 보는 하늘은
푸른 크레용의 하늘에 흰 쌀밥 고기구름 흘러가지만
아이들아 지금 너희들이 걷는 거리엔
꼬부라진 까르뎅 스카이라운지 기름지지만
아이들아 아이들아
이젠 너희들에게도 내 어릴 적
봄 들판의 들쑥 맛을 보여주마
허기지고 쓰라린 망국한도 들려주마
아이들아 우리들이 보았던 봄하늘은
언제나 노오란 어지러움만 흘렀지만

우리들이 걷던 서낭당길엔

가죽 벗긴 소나무만 허옇게 쌓였지만

아이들아 우리들이 꾸는 꿈들은

번쩍이는 햇살과 튼튼한 칼을 지녔단다.

그날 그 들쑥 담긴 밥그릇에

흰 옷고름 흙 묻은 얼굴로

환하게 숨을 쉬는 누군가의 얼굴을 보았단다.

〈5월시 1집 · 1981〉

어머니

풋콩 두 되
고사리 한 이엉
토란 몇 됫박을 내다팔아도
자식놈 월사금은 거리가 멀어
저문 갈퀴날 비수 되어
창포물 먹인 봄햇살을
싹둑 자르셨네
잘난 자식 둔 죄로
약 한첩 못 끓이고
서천 거지별로 떠돌더니
잘난 자식놈은
장안 제일 허름한 골목의
어둠에도 당황하는
팔푼 쇠비름풀이나 되었네.

〈5월시 1집 · 1981〉

90

제3부

희망을 위하여

너를 사랑한다고 말할 수 있다면
굳게 껴안은 두 팔을 놓지 않으리
너를 향하는 뜨거운 마음이
두터운 네 등 위에 내려앉는
겨울날의 송이눈처럼 너를 포근하게
감싸 껴안을 수 있다면
너를 생각하는 마음이 더욱 깊어져
네 곁에 누울 수 없는 내 마음조차 더욱
편안하여 어머니의 무릎잠처럼
고요하게 나를 누일 수 있다면
그러나 결코 잠들지 않으리
두 눈을 뜨고 어둠 속을 질러오는
한세상의 슬픔을 보리
네게로 가는 마음의 길이 굽어져
오늘은 그 끝이 보이지 않더라도
네게로 가는 불빛 잃은 발걸음들이
어두워진 들판을 이리의 목소리로 울부짖을지라도

너를 사랑한다고 말할 수 있다면
굳게 껴안은 두 손을 풀지 않으리.

〈기독교사상 · 1983〉

수백 마리 개똥벌레

시를 쓰는 일이
개좆보다 못한 날
미국 친구 B. 라이샤워의
수백 마리 개똥벌레를 읽는다
신기하게도 그의 시엔 아직
빛과 인간과 인간의 희망이 남아 있고
새벽이며 대지의 정령 더더욱
몇 마리 개똥벌레의 추억까지 남아 있다

나는 그의 고향이
남캘리포니아의 광대한 목화농장이라는 것을 알지 못하
고
그가 시를 쓰고 있는 낙원이
유서 깊은 로버트 프로스트 생가의 이층 서재임을 알지
못한다
맞교대를 하며 야근에 들던 밤
공장으로 들어가는 밤하늘에

다래끼 낀 어린날의 수천 목화송이들은 부풀어 피어나고
식민지시절 검둥이 영가 몇 구절을 생각하며
우리들은 조용히 작업반에 들어갔다

나는 그의 시가 참신한 서정으로
우리 세계와 인간의 미래에 대해서
노래하고 있음을 알지 못한다
고향으로 내려가면
돌각담 밑 자주장다리꽃들은 피어 있고
늘 배가 고픈 우리들은 꽃대를 꺾어 벗기며
가슴속에 번져가는 배고픔의 꽃무늬로
붉은 고향 뒷산이 노오랗게 곤두박질치곤 했다

나는 그의 시가 발표된다는
워싱턴 포스트지나 타임지를 알지 못하고 더더욱
전형적인 양키의 휴머니즘과
자유와 평화를 알지 못한다

부활절의 종소리가 땡그랑거리는 그의 고향 초원 어디에
도
알토란잎에 구르는 맑은 이슬빛의 슬픔
캐터필러가 짓밟고 간 노오란
유채밭의 유월은 피지 않을 것이다
직조기의 씨줄에 반도의 슬픔을 걸고 딸그락거리며
겨울밤을 엮어나가는 우리들의 슬픔 한 방울도
끝내는 원고지의 한 구절에도 맺히지 않을 것이다

친구 라이샤워의 시
수백 마리 개똥벌레를 보고 있으면
개똥벌레들은 개똥이 되어 내 반만년
가나안의 추억 위에 슬픔의 침을 쏘고
개똥벌은 질펀한 개똥이 되어
내 그리운 반도의 전신을 적시고
개똥은 다시 당당히 좆을 세운 똥개가 되어
우리들의 꿈과 희망의 요처들을 들쑤실 때

우리들의 땅 우리들의 하늘 어디에고

아직은 찬란히 떠오르는 별빛 별빛.

〈민족과문학·1983〉

구진포에서

몸푼 강심에
돌들은 모여 무슨 꿈을 꾸는지
지난 겨울 못다 운 울음이나
가슴의 금빛 나는 햇살로 엮어
물먹은 봄빛이 다리 아래 떨어진
꽃잎들을 다시 서러웁게 울리지는 않는지
한달음에 자운영 강둑길을 달려
그리움보다 먼저
떨어진 꽃잎들이 밀려오는 다릿목 아래
내 스무살 적 보리피리와 함께 서 있으면
사랑이여, 속살 푸른 강물 속에서도
그리움은 더욱 푸르러 물이끼로 설레고
마음보다 먼저 몸이 작아져서
잊혀진 얼굴들조차
강물에 풀어 다시 올릴 수 없을 때
저 슬픔 많은 은모래 한 알에도
이제는 어쩌지 못할 세상의 서러운 한들이

가슴의 불들로 물위를 흘러가겠네.

〈민족과문학·1983〉

다시 가을에

그것은 무엇이었을까
우리들이 모래 씻긴 벼포기를 세우며
희망을 잃은 우리들의 마음 몇 가닥도
함께 일으켜세울 때
우리들의 빈집에 남아
뜰을 적셔주던 것은
그날 마당귀에 서울서 온
편지 한 통 구겨져 떨어지고
그날 학교에 간 아이들은
점심시간에 마른 콩과 옥수수를 먹고
그날 아버지는 비료를 타러
농협창고 앞 깨꽃과 함께 줄을 서고
그리고 그리고 우물가
녹슨 펌프 손잡이에 내려앉는
고추잠자리 한 마리
둘러보면 아무 흔적도 우리들의
빈집에 남은 것은 없는데

영등포 소인이 찍힌 편지 한 통만
두엄단지 박꽃 속에 묻혔는데
영국산 고속버스 횡 지나치는
산마루를 돌아보면
가슴은 왜 이리 흔들려
수숫모감 우는 소리로 떨까
세워놓은 벼들이 모조리 쓰러져서
함께 세운 희망마저 모조리 쓰러져서
이제는 다시 쓰러질 엄두조차 못 낼
키 작은 벼들만 자라는 가을 한낮.

〈민족과문학 · 1983〉

고향

흐린 새벽
감나무골 오막돌집 몇 잎
치자꽃 등불 켜고 산자락에 모이고
깜장 구들 몇 장 서리 내린
송지댁네 외양간
선머슴 십년 착한 바깥양반
콩대를 다독이며 쇠죽을 쑤고
약수골 신새벽 꿈길을 출렁이며
송지덕 항아리에 물 붓는 소리
에헤라 나는 보지 못했네
에헤라 나는 듣지 못했네
손 시려 송지댁 구들 곁에 쭈그린 동안
선머슴 십년 착한 바깥양반
생솔 부지깽이 아내에게 넘겨주고
쓱쓱쓱싹 함지박의 쌀 씻는 모습
쪼륵쪼륵 양은냄비에 뜨물 받는 소리
에헤라 대학 나온 광주양반에게서도

에헤라 유학 마친 서울양반에게서도

나는 보지 못하였네

듣지 못하였네.

〈21인 신작시집, 꺼지지 않는 횃불로·1982〉

엄경희

미스 엄이라고 부르지 말아요
차라리 서정성을 생각하며
17번 도순이(茶順伊)라고 불러주어요
춘천을 떠나온 지 칠년
지용의 호수보다 맑은 고향이에요
생각하기 싫어요 식구들의 얼굴
그러나 아버지의 탄광 이야기는 언제나 좋아요
한 주일의 채탄작업이 끝나면
아버지가 돌아오는 토요일의 황혼이 좋았어요
어머니와 함께 기도하던 성 교회의
일요일의 평화가 좋았어요
일곱살 적 함백선 어느 작은 산역에서
아버지가 꺾어주던 작고 흰 채송화를
아직 가슴에 새겨두고 있어요
사랑하고 있어요 크고 검은
아버지의 손과 눈망울을
끝내 아버지가 돌아오지 않던 그 일요일

흰 눈이 드문드문 날리던 그해 광산촌의
겨울을 사랑하고 있어요

더 이상 죄를 생각하기 싫어요
관광호텔 스카이라운지
피뢰침에 걸려 웅웅대는
저 스산한 죄의 바람소리가 싫어요
지난 가을 그 피뢰침에
목을 걸고 죽은 27번 금희의
벗은 알몸이 싫어요
가까이 와요 문과대학
철학과를 나온 엉터리 시인친구
저 아래 깜박이는 도시의 죽은 눈빛을 보아요
오지 않는 예언자를 기다리며
번듯하게 누워 죽은 도시의 검고 흉한 관들이 싫어요
아무에게나 속고 쓰러지는
착한 별과 꽃들이 추워요

그러나 이제 누구에게나 사랑을 선언할 수 있어요
어둠이 어둠이라면
밝음이 밝음이라면
언제라도 좋아요 나를
이 옥상에서 밀어제껴주세요
펄펄펄 펄펄펄 사랑이라고 평화라고 뇌우치며
하늘의 꽃으로 피어나겠어요.

〈21인 신작시집, 꺼지지 않는 횃불로 · 1982〉

그리움에게

그대에게 긴 사랑의 편지를 쓴다

전라선, 지나치는 시골역마다 겨울은 은빛 꿈으로 펄럭
이고

성에가 낀 차창에 볼을 부비며 나는

오늘 아침 용접공인 동생녀석이 마련해준

때묻은 만원권 지폐 한 장을 생각했다

가슴의 뜨거움에 대해서

나는 얼마나 오래 생각해야 하는 것일까

건축공사장 막일을 하면서

기술학교 야간을 우등으로 졸업한

이등기사인 그놈의 자랑스런 작업복에 대해서

절망보다 강하게 그놈이 쏘아대던 카바이드 불꽃에 대해
서

월말이면 그놈이 들고 오는 십만원의 월급봉투에 대해서

나는 얼마나 진지하게 생각해야 하는 것일까

팔년이나 몸부림친 대학을 졸업하는 마지막 겨울

그대에게 길고 긴 사랑의 편지를 쓰고 싶었다

얼굴 한번 거리에서 마주친 적도
어깨 나란히 걸음 한번 옮긴 적 없어도
나는 절망보다 먼저 그대를 만났고
슬픔보다 먼저 화해인 그대를 알았다
길고 끈적한 우리들 삶의 미로를 돌아
어머님이 사들고 오는 봉지쌀 속의 가난보다 오래
그대와 겨울저녁의 평화를 이야기했고
밤늦게 계속되던 어머님의 찬송가 몇 구절과
재봉틀 소리 속에 그대의 따뜻한 숨소리를 들었다

그대에게 길고 긴 사랑의 편지를 쓴다
가슴으로 기쁨으로 눈송이의 꽃으로 쓴다
지나간 겨울은 추웠고 마음으로 맞는 겨울은 따뜻했다
전라선, 밤열차는 덜컹대며 눈발 속으로 떠나고
문득 피곤한 그대 모습이 내 옆자리에 앉아 웃고 있는 것
을 본다
그대의 사랑이 어느결에 내 자리에 앉아

가슴의 뜨거움으로 창 밖 어둠을 바라보게 한다
멀리 반짝이는 포구의 불빛이 보이고
그대의 불빛이 흰 수국송이로 피어나는 것을
나는 눈물로 지켜보았다
그대에게 뜨거운 편지를 쓰고 싶었다
팔년이나 몸부림친 대학을 졸업하는 마지막 겨울
외지에서 사랑으로 희망으로 식구들의 희망으로 쓰고 싶
었다.

〈21인 신작시집, 꺼지지 않는 횃불로 · 1982〉

돼지밥을 주며

돼지밥을 준다
내가 다시 고향에 내려와
팔순 조부 사랑 구들에 마른 참솔 군불이나 지피고 있는
것은
미안하지만 내가 효심 깊은 이 집안 오대독자 장손이기
때문이 아니고
사년제 국립대학 고슬하게 빠져나온 모럴리스트 글방선
생이기 때문이 아니고
염병헐, 이 늙은이 죽으면 내게 돌아올 염기 어린 이 집안
의 재산이 탐나서는 더더욱 아니다

돼지밥을 준다
구정물통 맹한 윗물 걸러내고
틉틉한 아랫물에 죽재 반 되 삶은 겉보리
해남 물감자 세상 잡동사니 뎅경뎅경 썰어넣고
꿀꿜대며 반기는 그놈 울 앞에서
나는 모처럼 쭈글씬 가슴을 편다

내가 이제 지쳐버린 것은 기다리는 일뿐이 아니고

내가 잃어버린 것은 가난한 오천년의 추억뿐이 아니었다

노량진에게 청해진 임진강에서 낙동강

어디에고 살기 위해 사랑을 버린 사람들은 산처럼 쌓이고

물먹인 남도창 몇 구절이 강물소리로 서울의 여울을 적실 때

나는 밤열차를 타고 땟국 절은 완행버스가 기어오른

황토고개를 넘어 고향으로 내려왔다

이제 돼지놈들은 처먹기에 열중해 있고

나는 지워버리기에 열중해 있다

뒤란의 썩은 홀태며 부러진 보습날 계사의 굳은 똥과 금빛 콩밭

낯익은 그리움조차 이름 모를 슬픔으로 가슴속에 닿아올 때

신기하게도 돼지울 안에는 저놈들이 마지막 처먹고 남은

이 세상의 찬란한 슬기가 하나 햇볕 속에 드러나고 있다
경사로를 따라 똥물들은 아래로 흐르고
똥물을 피한 윗녘 양지 바른 햇짚 위에 배를 깔고
그놈들의 포만의 꿈이 꼬리를 흔들고 있다
이제 나는 저놈들이 피한 똥물 생각에 골몰해진다
여물통에 두 앞발을 짚어넣은 채 꿀꿀대면서도
저놈들이 현명하게 버린 수치심과 패배감을 생각하면서
불현듯 나는 오래전에 내게서 떠난
마지막 희망과 슬픔에 대해 관대해지기로 한다

다시 돼지밥을 준다
죽재 반 되에 오천년 오랜 수치감이며 패배감
죽은 희망 쓰라린 슬픔 뎅겅뎅겅 썰어넣고
그리고 이제 나는 자리를 뜨기로 한다
지켜보지 않아도 저놈들은 대대손손 포만의 배를 움켜
쥐고
똥 가려 싸는 슬기 하나에 골몰할 것이므로

드디어는 똥물들이 돼지를 피해 바닥으로 바닥으로
은밀하게 고여 뭉칠 것을 예감하기 시작하였으므로.

〈21인 신작시집, 꺼지지 않는 횃불로 · 1982〉

아이고, 나는
두레박질은 서툴러요

대삿날
골방 묵은 디딜방아 쿵더쿵 떡쌀 치고
우물가 감나무 가지 까치밥 하나
샘물 위에 선들 단풍잎배 띄우고
녹두나물 숙주나물 정갈히 씻던
동네 아낙 나를 부르네
이보 광주양반 물 좀 길어주
산자 부쳐 모양내고
중돈 잡아 머릿살 비껴 썰고
일손 딸려 광주 놈팽이 두레박줄 잡고 섰네
아이고 나는 두레박질을 못해요
대학 사년 연애 육년
시 쓴다고 미친년 선생한다고 웃긴 년
아이고 나는 두레박질을 못해요
이끼 앉은 돌틈 새로 이리저리 부딪치며
두레박은 내려가서 물을 긷는다
반쯤만 넘어져서 한 통 가득 싣지 못하고

기둘려서 채운 얼굴 올라오며 다 쏟는다
그래도 신명나서 자꾸자꾸 던지는데
동네 아낙 잊지 않고 덕담 하나 던져준다
내년 가실 동네 대항 두레박질 시합 나가도 되겠수
그때에 광주 놈팽이 좋아서 하는 말이
아이고, 나는 두레박질은 서툴러요.

〈21인 신작시집, 꺼지지 않는 횃불로 · 1982〉

조경님

늦은 밤 남면 가는
시외버스 차창에서
고단한 네 하현의 눈썹을 보았구나
봉숭아 물든 손톱 너머로
고향집 마당 가득 푸른 하늘은 펼쳐 있고
가을걷이 끝난 들판 억새밭 위로
희게 웃는 식구들의 얼굴도 보이겠지
감잣대를 엮어 말리는 엄마 곁에서
동생들은 또 지난 여름 산사태를 생각할까
흙더미에 묻힌 아버지와 막내
자갈길에 버스는 자꾸 퉁겨오르고
그때마다 깜박 깨어나는 네 졸음 속으로
덧없는 한 시대의 어둠과 슬픔은 밀려가고
차창 밖 어둠 속에 꽃을 던지는
마을의 도라지꽃 불빛이 스스럽다
여느 밤 충장로 거리에 나서면
가시내들은 엉덩이를 부풀린

목 짧은 바지에 퍼머넌트 히히덕거리고
무슨 잭슨 플록이다 카라얀이다 요란하지만
경님아 그것들이 지닌 영혼은
밤버스에 깜박깜박 조는
고단한 네 일상의 눈썹보다 아름답지 못하다
그것들이 떠들어대는 피아노 협주곡은
오라잇 하는 네 발차소리보다 정직하지 못하고
그것들이 떠드는 무슨 비구상파 그림들은
네 손톱 끝 연연한 고향 하늘
봉숭아빛 꿈보다 깨끗하지 못하다
늦은 밤 버스는 논길인 듯 고향 꿈길인 듯
졸며 흔들흔들 떠나고
네 졸음 틈틈이
땀 절은 동전 몇 개를 건네주고 내려서는
저 힘없는 사람들의 뒷등이 따스하다.

〈문학사상 · 1981〉

사평역에서

막차는 좀처럼 오지 않았다
대합실 밖에는 밤새 송이눈이 쌓이고
흰 보라 수수꽃 눈시린 유리창마다
톱밥난로가 지펴지고 있었다
그믐처럼 몇은 졸고
몇은 감기에 쿨럭이고
그리웠던 순간들을 생각하며 나는
한줌의 톱밥을 불빛 속에 던져주었다
내면 깊숙이 할 말들은 가득해도
청색의 손바닥을 불빛 속에 적셔두고
모두들 아무 말도 하지 않았다
산다는 것이 때론 술에 취한 듯
한 두름의 굴비 한 광주리의 사과를
만지작거리며 귀향하는 기분으로
침묵해야 한다는 것을
모두들 알고 있었다
오래 앓은 기침소리와

쓴 약 같은 입술담배 연기 속에서
싸륵싸륵 눈꽃은 쌓이고
그래 지금은 모두들
눈꽃의 화음에 귀를 적신다
자정 넘으면
낯설음도 뼈아픔도 다 설원인데
단풍잎 같은 몇 잎의 차창을 달고
밤열차는 또 어디로 흘러가는지
그리웠던 순간들을 호명하며 나는
한줌의 눈물을 불빛 속에 던져주었다.

〈중앙일보 · 1981〉

제4부

대인동 1

말라리아에 걸린 창기가 숨지던 날
비가 왔다 둘러선 우리들은
빗속에 온통 시야가 흐려지고
어디서 금계랍 몇 알을 구해온 창기의 누님이
거적 위에 쓰러졌을 때
천둥이 쳤다 무엇이었을까
미쳐버린 우리들의 울부짖음 속에 피어나던 번쩍거림
죄의 칼, 가진 것 없이 태어나서 죄인
우리들 모두의 머리칼을 뜯던 번개
구두통이 부서지고 좌판이 날아가고
한데 뭉친 싸움이듯 우리들이
우리들의 찢어진 가난과 헐벗음을 때려부술 때
짓이겨 함께 부술 수 없는
거적 속의 창기가 오히려 미웠다
거품덩이로 부풀어오르는 창기의 누님
배고픈 창기를 위해
몸이라도 내주었을 열일곱 작은 누에

울음소리가 옅어지면 덮여진
창기의 거적에서 김이 솟아올랐다
누가 누구에게 퍼붓는 흙탕물일까
빗방울은 더욱 굵어지고 이승을 떠나면서
끝내 누구를 원망할 줄 모르는
창기의 일기장이 흙탕물 위에 솟아올랐다
양잿물솥 빨래삼기도 끊어지고
지난 여름 잡아먹은 개들의 뼈가 흩어진
방림천변에 창기 너를 묻고 돌아오던 날
우리들은 처음으로 피를 팔았다
대인동 우리들이 김밥과 콘돔을 팔던 그 골목에서
처음으로 처음으로 여자를 샀다.

〈시인 1집 · 1983〉

대인동 2

바람이 심한 날은

전당포 앞 먼지 낀 포플러나무 잎새에서

떠나간 토미의 웃음소리가 들려왔다

오백원 더 주세요 작은 잎이 속삭였다

그 이상은 안돼 잘 생각해준 거야 굵은 잎이 대답했다

바람이 심하게 불어왔다

세상에서 제일 큰 밥통에서 꼬르륵 머슴새가 울었다

삼백원만 더 주세요 작은 잎이 매어달렸다

안돼 다른 데서 알아봐 굵은 잎이 세게 뿌리쳤다

이백원만 백원만 안된다면 안돼

토미의 작은 잎들이 불쑥 자라 가지가 되었다

토미의 작은 가지들이 불쑥불쑥 자라 굵은 가지가 되었
다

우두둑 부러진 토미의 가지들이 몽둥이가 되어

전당포 안은 삽시간에 개새끼 씹새끼 피가 튀어오르고

벽시계가 부서지고 금반지가 흩어지고

깨진 대갈통보다 먼저 흩어진

반지 위에 팔을 껴안던 전당포 주인

사이렌이 울리고 백차가 오고 구둣발과 짓밟힘이 오고

구치소의 토미를 위해 우리들은 일당 백원을 떼었다

한번도 대결하여 이겨본 일이 없는 왕사마귀

우리들은 시원하였다 푸른 눈 갈색 얼굴 토미

그 토미가 아버지의 땅으로 떠나던 날

우리들보다 먼저 토미가 울음을 터뜨리고

가슴을 쥐어박으며 땅을 치며

우리는 함께 붙들고 뒹굴었다

누가 어머니인지도 모른 채 토미는 떠나가고

똑같은 얼굴 똑같은 슬픔으로

다시 저무는 우리들의 땅

햇살이 부신 날은

전당포 앞 무성한 포플러나무 잎새에서

반짝 웃는 토미의 옆얼굴이 보였다.

〈시인 1집 · 1983〉

대인동 3

재건학교 김선생님이 입대하던 날
아리랑 한 보루를 사다드렸다
우리에게 처음으로 사람의 사랑으로 다가와서
처음으로 사랑의 그림자에 귀를 기울이게 한
야간천막학교 김선생님
15촉 흐린 불빛 아래 거적을 깔고
우리들은 처음으로 쓰레기가 아닌
희망과 사랑의 언어들을 익혔다
처음으로 쓰레기가 아닌
우리들의 지난날과 내일을 기억했다
마음의 긴 장대 끝에 깍지를 끼고
선생님이 따주는 고향집의 익은 감과 별들이
우리들의 가슴에 들어와서 뜨겁고 선선한 그늘이 되었다
돌림으로 이질을 앓던 그해 여름
골목 안 창녀 몇이 거적에 싸여 나갔고
함께 공부하던 배암장수 꼽추 딸도
자갈밭에 묻혔다

떠나가는 모든 것은 결국 아름다움일까

소집영장을 받고 선생님이 떠나던 날

선생님은 낮은 산맥으로 눈물 한 방울 보이지 않고

선생님이 떠난 천막학교를 우리는 때려부수지 않았다

해 지는 시간이면

우리는 다시 천막학교로 모여들고

어느 늦은 여름밤

선생님을 닮은 땅강아지 한 마리가

우리들의 머리 위로 한 바퀴 두 바퀴 세 바퀴

맴을 돌다 사라졌다.

〈시인 1집 · 1983〉

대인동 4

역전 목포신발가게 진열장에는
옥색 고무신 한 켤레 빛나고 있었지
자줏빛 콩꽃이나 감자꽃 무늬와도 같은
조그만 꽃송이들이 고무신 가득 흩어져 있었지
등이 굽은 하역인부들이 굽은 길을 절며 가고
지분 바른 창녀들이 귀대병의 허리춤에 매달리는 동안
용산으로 가는 저녁열차에 불이 켜지고 있었지
왜 떠나는지 왜 남는지 모른 채
봇짐을 꾸린 사람들이 황급히 개찰을 하고
저녁바람이 불어오던 호남선 별 많은 밤
어머니는 용산행 열차에 몸을 던졌지
대낮에도 술에 취한 어른들은 원산집
긴자꾸 어린 갈보 이야기를 하고
저탄장의 조개탄을 훔쳐 팥죽과 바꾸면서
죽통에 들들 끓던 울먹거림을 보았지
기차는 가고 저녁바람은 불고
군산여인숙 삼봉판에 깽판이라도 놓을까

역전에 서성거릴 뜨내기 촌놈이라도 두들겨패놓을까

쳐다본 밤하늘에 어머니의 옥색 고무신

한 켤레 빛나고 있었지.

〈시인 1집 · 1983〉

대인동 5

덜 녹은 눈들이 햇볕 속에
부끄러운 곳을 드러내던 이른 봄날
공회당 담벼락에 모여앉아 이를 잡았다
머리를 긁고 바지를 털고
햇살 속에 오물오물 기어나오던 그놈들을
손톱 새에 터뜨리면서 우리들은
담장 밑 돌틈 새를 비집고 나오는 봄풀들의
뾰족한 창을 보았다 펄럭이는 깃발
공회당 담벼락엔 빛 바랜 몇 장의
선거벽보가 펄럭이고 어른들이 벽보를 지나가면서
도둑놈들 날강도새끼들 욕설을 하고
우리들은 찢겨져나간 벽보마다 몽당연필로
우리들의 자지와 자가용을 타고 학교에 가던
버스회사 사장 딸의 그것을 그려놓았다
그해 사월 담장 밑의 풀빛은 더욱 푸르러지고
일어서는 풀들의 창과 깃발이 거리를 메꾸었을 때
우리들은 영문도 모른 채 공회당 담벼락에 모여앉아

무너져가는 거리의 한쪽을 지켜보았다
자장면 먹어본 일 있어? 홍기가 물었다
그럼 너 독일빵 먹어봤어? 병구가 되물었다
씹새끼 내가 먼저 물었잖아
개자식 독일빵도 모른 자식
그해 사월 자장면이 먹고 싶었던 우리들은
무너진 거리의 한쪽에 뒤엉켜 싸움을 하고
그해 사월 우리들과 가난과의 깊은 싸움처럼
오랜 싸움이 끝나지 않았으며
다시 몇 번인가의 사월이 지나가고
그 거리에 끝내
해는 졌다.

〈시인 1집 · 1983〉

대인동 6

은혜공민학교 일학년에 들던 날
술에 취한 아버지는 내 책가방을
아궁이에 집어넣었다 밥불이
끊어진 지 오래인 아궁이에서 불이 솟아올랐고
악을 쓰며 물을 붓자 마당 앞 굴뚝에서
시꺼먼 눈물이 솟아올랐다
아버지는 제정신이 아니었다
죽 끓일 보리 서 홉도 없는 녀석이
공부는 무슨 공부 죽어라 이 새끼
아버지가 집어던진 손도끼가
돌쩌귀에 부딪쳐 소울음을 냈다
제풀에 쓰러진 아버지가 들것에 실려가고
당직인 도립병원 젊은 의사선생님은
내 눈을 뒤집고 혀를 차며 백내장이라고 일러주었다
정신이 든 아버지를 들쳐메고 오던 밤
갈보들과 별들이 함께 서성이는 거리가 아름다웠다
그날 밤 꿈에 나는 갈보가 되었다

아버지에게 더운 고기밥을 지어드리고

한쪽 구석에서 사내를 받던 어느날 밤엔

사내가 되어 돌아온 어머니의 얼굴과도 부딪쳤다.

〈시인 1집·1983〉

대인동 7

봄이 왔지
공터에 낙랑 서커스 들이오고
환풍단 나이롱 약장수 스피커 삑삑대고
담장마다 U. S. ARMY
얼룩이 진 군용담요 바람에 펄럭이고

봄이 왔지
저탄장 인부들이 하품을 하고
탄차 위에 고물고물 아지랑이 일고
구호미 자루 끌고 조개탄을 줍던 오후
탄더미에 꽂혀 있던 강아지풀
한 송이 보았지

바람에 흔들리면서
선선히 고개를 숙이면서
푸른 옷에 햇살이 부시면서
안녕 부끄러운 초면례를 했지

정희라고 이름을 주었지
풍금을 치던 손이 하얀 인제약국 딸

얘기하고 편지하고 싶었지
팥죽이나 콩나물죽 이야기말고
독일빵이나 자장면 새나라택시
약국 앞 골목에서 그 애를 찾지 못한
어느날 봄은 가고
달려간 저탄장 탄더미는 무너져
강아지풀은 바람에 설레지 않았지.

〈시인 1집 · 1983〉

대인동 8

여름해는 지지 않았다
여름해는 산과 바다와 공장을 태웠다
아스팔트 공사장 인부들이 타오르는 여름해를 보았다
고무호스를 잡고 내뿜는 콜타르에 쓸려들지 않기 위해
인부들은 기를 쓰며 한덩어리로 뭉쳤다
외삼촌은 말레이군도를 이야기했다
폭파당한 주석광산과
소사당한 일본군 일개 중대를 이야기했다
외삼촌이 매어달린 호스에서 콜타르가 뿜어졌다
엉겨붙은 시체들이 길바닥에 뒹굴었다
외삼촌이 길바닥에 쓰러졌다
말레이 말레이 거품을 문 외삼촌의 입에서
뜨거운 여름해는 솟아올랐다
누더기를 걸친 인부들이 호스에 매달렸다
여름해는 힘차게 채찍을 휘둘렀다
말레이 말레이 물 한잔을 부르며 외삼촌은 갔다
여름해는 불타올랐다

뜨거운 여름해는 불타올랐다

엉겨붙지 않으려고 인부들은 기를 쓰며 호스에 매달리고

타죽지 않은 매미 한 마리가

길가 포플러 잎새에서 울기 시작했다

반도의 여름해는 뜨거운 채찍을 휘둘렀다.

〈시인 1집 · 1983〉

대인동 9

처마 낮은 골목길에 들어서면
깨어진 봉창 불빛들은 새어나오고
집 떠난 큰딸이라도 돌아왔는지
서 홉 쌀에 김치죽이라도 끓였는지
도란도란 들려오는 얘깃소리
들여다보면 밥상머리에 모여앉은
식구들의 젖은 꿈이 불빛 속에 흔들렸다
어둠 새로 낮게 엎드린 집들은 고요하고
엎드린 집들의 슬픔보다 많은
흰 눈이 두툼하게 지붕을 덮었다
그러나 우리들은 다시 일어날 것이다
빈 뒤주와 홑이불에 감춘 슬픔을 털어내고
눈밭 위에 첫발자국을 찍으며
강물이 돌아간 그 길을 함께 굽이쳐 돌 것이다
셀 수 없는 그리움의 큰 힘들이
셀 수 있는 어둠의 허황한 힘들을
무너뜨려 눈부신 들판을 이룰 것이다

깃발을 흔들며

보리피리를 불며.

〈시인 1집 · 1983〉

대인동 10

20년 만에 만났지
30년 내 잔뼈가 굵은 정든 대인동 거리에서
여름에는 빙과점 겨울에는 산고깃집을 하던
마음씨 착한 정씨
우리들이 골목 안 창녀들에게
바둑껌과 콘돔을 팔고 돌아와
불을 쬐며 우리들의 어린시절과
젖은 하루를 밝히고 있을 때
우리들의 손을 잡고 화덕 위에
더운밥과 산고깃국물을 비벼주던 정씨
눈 덮인 어느 설날
가게 앞 눈 위에 무릎 꿇은 채로
세배를 했지 쌓인 눈처럼 하얗게
한사코 말리면서 끝내는
우리들의 더벅머리를 쓰다듬던 정씨
산돼지고기 뜨뜻한 떡국과 털장갑을 받고
우리들은 다시 그 골목에서

호객을 하고 김밥을 팔았지
쓰다 버린 콘돔조각처럼 휩쓸려다니던 어린시절
PL 480 노란 옥수수죽 배급을 위해
바가지를 든 사람들이 줄을 서고
먹다 버린 우윳가루와 레이션 찌꺼기를 찾기 위해
미공보원 주변 쓰레기통을 뒤지면
찢겨진 얼굴이라도 항상 우리에게
싸구려 웃음을 팔던 자유의 벗
자유의 벗? 희망의 벗? 사랑의 벗? 아니다
그것은 배고픔과 헐벗음의 벗이 아니었다
궁뎅이를 까고 뒷물을 치던
창녀의 모습보다 허름하게 손짓하던
그 자유의 벗 시절에
우리들은 자유보다 먼저
배고픔과 옥수수 배급을 알았고
철들어 그것이 사랑과
끝없는 자유에의 주림임을 알 때까지

우리들은 구레나룻 착한 정씨를 그리워했다
거짓 사랑보다 먼저
우리들의 고픈 배에 고깃국물을 부어주던 정씨
그 정씨를 요정과 세차장과
군데군데 창녀들의 웃음이 희끗대는
옛 골목의 다방에서 만났다
헤진 머리 눈곱 긴 눈
때묻은 손에 껌 몇 통을 들고
내 앞에 서서 한참을 그렇게
껌 한 통을 팔고 가는 정씨
아저씨 산고깃집 정씨 아저씨
우리들이 자라 기사가 되고
지배인이 되고 선생이 되었습니다
가슴으로 울컥 솟는 말조차 한마디 못하고
늘어진 토끼가죽 거덜난 산꿩의 모습으로
언제일지 모를 우리들 내일의 모습으로
허름허름 다방을 나서던 정씨

PL 480 우윳가루 흩날리는 고요한 반도.

새벽 풀밭의 시인

나해철

들쑥과 그리움, 사랑과 희망의 시인 곽재구. 그와의 만남이 삶의 한 따뜻함과 눈부신 빛이라고 생각하기 시작한 것은 이미 오래전이다. 짧은 머리칼과 먹빛 교복인 채로 우리는 만났었다. 불꽃을 올리며 선 높다란 독립과 자유의 학생 운동탑을 교정에 안고 있는 한 숙성한 고등학교의 교실과 벤치, 어느 모퉁이에나 진한 삶의 내음과 사랑과 예술의 혼이 깃든 한 도시의 골목과 작은 방에서 우리는 시와 우정, 좌절과 꿈이 버무려진 열기 어린 가슴으로 만났었다. 그는 누구나 놀라워했던 기다란 시론을 써서 발표하기도 했었고, 눈부시게 아름다운 발군의 시들을 써댔었다. 나는 늘 그와 그의 문재(文才)를 자랑스러이 여겼었다.

그러한 우리의 만남이 있기 오래전부터 그는 이미 가슴에 바람 부는 풀밭을 지니고 있어 뜨거움이나 가슴아픔이 어스름처럼 번져나오거나, 지문처럼 그 곁의 누구건 그 가슴에 남게 했다.

그는 참 깨끗한 사람이다. 그 곁에 있으면 그는 이슬이거나 한 줄 서정시와 같고, 우리는 바람 부는 풀밭에서처럼 맑은 사랑과 밝은 눈, 따스한 가슴을 갖는 느낌을 받는다.

그리고 그는 사랑할 줄 아는 사람이다. 좋은 시, 그늘지고 가난한 사람들, 황톳빛 이 땅과 한없이 푸르기만 한 이 하늘을 가슴 깊이 아파하며 껴안는 사람이다. 그리고 그는 시가 아니면 또 무엇도 되기 힘들 만큼 시와 우리들의 모국어에 헌신한 사람이다.

그는 거짓을 노래하거나 헤픈 몸짓을 하지 않고 특히 일반적으로 '우리 것'이라 일컬어지면서도 소외당하고 있는 우리 것들 — 역사, 문물, 사고방식 등 — 에 대한 남다른 애착을 가지고 있었다.

대학의 교양과정 시절부터 지금에 이르기까지 그가 반도의 남쪽 끝 어디거나, 지리산이나 섬진강 등지를 비닐백 하나만으로 떠돌아다닌 것도 사실은 그가 이 땅의 삶과 시와 형제들을 얼마나 뜨겁게 사랑하고 있는가에 대한 하나의 대답이 될 수 있을 것이다.

막차는 좀처럼 오지 않았다
대합실 밖에는 밤새 송이눈이 쌓이고

흰 보라 수수꽃 눈시린 유리창마다
톱밥난로가 지펴지고 있었다
그믐처럼 몇은 졸고
몇은 감기에 쿨럭이고
그리웠던 순간들을 생각하며 나는
한줌의 톱밥을 불빛 속에 던져주었다
(…)
모두들 아무 말도 하지 않았다
산다는 것이 때론 술에 취한 듯
한 두름의 굴비 한 광주리의 사과를
만지작거리며 귀향하는 기분으로
침묵해야 한다는 것을
모두들 알고 있었다

―「사평역에서」 부분

그의 시어는 눈부시게 아름다우면서 튼튼하다. 그리고
그들이 아름다움으로서만 빛날 뿐 아니라 우리들의 깊은
정서에 닿아 있다. 또한 그의 시는 공소하지 않으며 어렵지
않게 큰 감동을 이끌어낸다. 전라선 후미진 작은 역에서 그
가 지핀 삶과 추억의 순간들, "자정 넘으면/낯설음도 뼈아
픔도 다 설원인데" 밤 깊은 그의 육성은 우리들의 가슴을
적신다. 그의 시는 그의 삶의 소슬함이 이처럼 육화된 채

새벽이슬이나 별빛처럼 여과되어 있다. 그리고 그만큼 또
이 땅의 모두의 삶에 주는 지순한 사랑의 의미를 깨우치고
있다.

사람이 사람을
사랑할 날은 올 수 있을까
(…)
뜨거워진 마음으로 이 땅 위에
사랑의 입술을 찍을 날들은
　　　　　　　　　　──「바닥에서도 아름답게」 부분

춘천을 떠나온 지 칠년
지용의 호수보다 맑은 고향이에요
생각하기 싫어요 식구들의 얼굴
그러나 아버지의 탄광 이야기는 언제나 좋아요
　　　　　　　　　　──「엄경희」 부분

송화처럼 탄재가 날리는 용산역에서
새벽 김밥을 팔던 김씨
　　　　　　　　　　──「화개에서」 부분

가까운 고향도 눈에 두고 갈 수 없어서

마음만은 언제나 고향 식구들 생각이 뜨거워서
홀로 들이켠 수면제 가슴 젖어오는데
　　　　　　　　　　　　　　　　──「대인동 부르스」 부분

우리에게 처음으로 사람의 사랑으로 다가와서
처음으로 사랑의 그림자에 귀를 기울이게 한
야간천막학교 김선생님
　　　　　　　　　　　　　　　　──「대인동 3」 부분

　그는 따뜻한 가슴으로 이 시대 이 땅의 사람들을 껴안는
다. 미장이, 토수, 배관공, 약장수, 간호원, 선생님, 회사원,
박사, 안내양, 술꾼, 의사, 지명수배자의 아내, 창녀, 포졸,
대통령 들을 이야기한다. 그러므로 그의 시에는 삶의 냄새
가 묻어 있다. 인간의 냄새가 나지 않는 글이 어떻게 구원
의 한 끄트머리에라도 기여한다고 할 수 있는가라는 점에
서 그의 노래들은 옳고 정직한 시로 읽혀진다. 그리고 그가
만들어내는 삶의 모습들은 언제나 따스하고 사려 깊으며
그가 쓰는 시어들은 차라리 결백할 정도로 깨끗하여 우리
를 순결한 감동에 젖게 한다.
　그는 또 민족의 삶에 대해서도 깊은 인식으로 천착한다.
그는 역사에의 헌신을 오랫동안 생각해오고 있었다.

낄낄대는 소정방의 웃음소리가 배어 있고
한뿌리 신라와 백제가
한뿌리 남한과 북한이
천년도 넘게 싸워온 부끄러운 지난날이
강물 속에 거꾸로 처박힌다.

—「부여」 부분

나는 아이들에게 한번도 떳떳하게
파블로 네루다의 시 한 줄과 김구 선생도 읽어주지 못
하고
더구나 이 시대의 사랑과 자유와 역사의 쓸쓸함이
모국어와 지니는 함수관계 같은 것을 말해본 일이 없
고

—「어느날 TV를 보며 1」 부분

죽지 않는 이 땅의 서러운 힘들이
저 숨죽인 그리움의 밀물소리로
우리 쓰러진 가슴 위에 피어나고 있음을.

—「그리운 남쪽」 부분

셀 수 없는 그리움의 큰 힘들이
셀 수 있는 어둠의 허황한 힘들을

무너뜨려 눈부신 들판을 이룰 것이다.

—「대인동 9」부분

오천년 찬란한 아침 풀밭 보아라
보아라, 보아라.
큰 칼 작은 칼 쟁강쟁강 부딪치며
이슬 속을 걸어오는 대장장이
네 할배 이마 위 기쁜 햇살 보아라

—「들쑥에게 2」부분

그는 우리의 국토와 우리들의 가슴에 그어진 오랜 칼금에 대해서 아파하며 차라리 "강물 속에 거꾸로 처박히고자"한다. 그리고 "천년도 넘게 싸워온" 지난날과 "이 시대의 사랑과 자유와 역사의 쓸쓸함"을 말할 수 없음을 부끄러워한다. 부끄러운 것들을 가슴 깊이 더욱 부끄러워하고, 부패한 상처는 도려내어 새살로 돋아오르게 하는 것이 옳고도 옳은 일임을 그는 깨닫고 있는 것처럼 보인다. "아버지와 어머니의 슬픔이 다시는 우리의 슬픔으로/우리의 새끼에게 물려지지 않게" 간절히 기도하며 그것은 기필코 이루어지리라는 그의 신념은 굳건하다. 이 시대 우리의 삶은 아직도 열어야 하는 하늘과 더욱 큰 역사의 짐을 진 채 숨막히는 기다림의 어둠 속에 있으며 그리고 오랜 기다림의 끝에서 "셀 수 없는 그리움의 큰 힘들"과 "죽지 않는 이 땅의 서러운 힘들이" "눈부신 들판을 이"루고 "오천년 찬란한 아침 풀밭"을 열리라는 그의 예지의 믿음은 우리 모두의 믿음으로 가슴에 와 맺힌다.

아카시아 꽃이 무성하게 핀 시골 문과대학의 숲 속에서 함께 쓴 많은 시와 얘기들의 꿈이 그 개화의 모습으로 십년 후인 이 봄에 다시 찾아오고 있음을 나는 지금 확인하고 있다.

羅海哲 | 시인

한 시대의 삶과 시가 공유해야 할 필연적인 과제들을 절
실하게 느끼기 시작했던 내 이십대 후반에 내게 처음 찾아
온 생각은 서정시에 관한 것이었다. 그것도 종래의 전통적
인 서정시의 범주에서 한 걸음도 더 나아가지 않고 오히려
더 후퇴한, 오천년 우리 민족의 역사와 삶 속에 녹이 탱탱
슨 우리만의 뜨거운 감성들을 되찾아 우리 민족 고유의 튼
튼한 서정시를 만들어보고 싶었던 것이 나의 꿈이었다.

이것은, 해방 후 불과 삼십년 안짝에 수백년의 역사를 지
닌 서구문물과 사회제도를 한꺼번에 받아들여 흉내내기에
급급했던 우리 사회의 많은 모순과 질곡으로부터 우리를
되살리기 위한 그 첫째 작업이 다름 아닌, 못난 오천년 우
리 역사를 철저히 돌아보는 데서 오히려 그 힘을 획득할 수
있으리라는 나름대로의 확신이 섰기 때문이다. 그리고 그
힘의 진원은 다름 아닌 아무 이름도 없이 이 땅 위에 풀꽃
처럼 흩어져 살다가 죽어간 많은 우리의 선조와 이웃들의
삶의 모습을 그대로 노래하는 것이 그 첫 발걸음이 되리라
고 생각하게 되었다. 기실, 우리의 흙과 땀과 살붙이의 뼈저

린 추억 없이 씌어진 시라는 것은 얼마나 공소하고 허망할 것인가?

그런 의미에서 여기 실린 시편들은 내 나름대로는 조심스런 가능성의 첫띔이다. 그것은 내 허약한 정신의 유약함과 안목의 한계로는 우리 민족의 역사와 집약된 감정을 일별해낸다는 것이 거의 불가능한 일일 뿐 아니라, 내가 숨이 닳는 날까지 그 작업을 성실히 펼쳐나간다 해도 그 꿈이 이루어지리라는 생각은 할 수 없기 때문이다.

그러나 나는 아직 젊고, 적어도 내가 쓰는 시에 있어서만은 속되거나 스스로의 자유를 구속할 한가함이 없으므로 나는 내가 꿈꾼 서정시에의 가능성을 향해 한 걸음씩 도전해나갈 것이다.

그리고 많은 순간 절망보다는 희망을, 고통보다는 사랑을 노래하기 위하여 힘쓸 것이다. 생각해보면 우리들은 너무 오래 사랑과 희망에 대한 추억을 지니지 못한 채 살아왔고, 이 희망과 사랑에 대한 확신이 없는 한 우리들의 삶과 시 또한 언제나 기회적이고 공소한 것이 될 것은 분명한 일이기 때문이다.

졸렬하고 부끄럽기만 한 이 시편들이 서양시 한줄, 서양 학자 이름 한번 내세운 일 없이 꿈질꿈질 살아온 우리 주위의 모든 들꽃 같은 이웃들에게 한순간의 풋풋한 봄바람이 될 수 있다면 내 모든 기쁨이 될 것이다.

늘 새롭고 겸허한 마음으로 시를 깨닫게 해주는 친구들과 창비사의 따뜻한 여러 식구들에게 감사한 마음 거듭 적는다.

1983년 5월

곽재구

창비시선 40

사평역에서

초판 1쇄 발행 / 1983년 5월 25일
개정판 1쇄 발행 / 1993년 11월 15일
개정판 40쇄 발행 / 2025년 5월 14일

지은이 / 곽재구
펴낸이 / 염종선
펴낸곳 / (주)창비
등록 / 1986년 8월 5일 제85호
주소 / 10881 경기도 파주시 회동길 184
전화 / 031-955-3333
팩시밀리 / 영업 031-955-3399 편집 031-955-3400
홈페이지 / www.changbi.com
전자우편 / lit@changbi.com

ⓒ 곽재구 1983, 1993
ISBN 978-89-364-2040-6 03810